AF356239

NOTICE

DES

OBJETS D'ART ET DE CURIOSITÉ

provenant de la Collection de feu M. TRIPIER

dont la Vente aux Enchères publiques se fera en l'Hôtel
des Commissaires-Priseurs, et comprenant :

1º Antiques - Egyptiens - Romains et Gallo-Romains.

2º Objets des Epoques Gothiques à nos jours.

3º Faïences anciennes et modernes - Grès.

4º Sculptures en marbre et en bois.

FERRONNERIE - SERRURES - ARMES - OBJETS MILITAIRES

5º Porcelaines anciennes de Chine et du Japon

TROIS BELLES STATUETTES DE DIVINITÉS

6º Médailles - Monnaies - Jetons des Villes de Lille de Flandre et autres pays d'Europe.

7º Pièces de pélerinages - Mereaux et pièces de corporations.

8º Gravures - Dessins - Livres Timbres-Poste.

Objets divers.

La VENTE aura lieu le **Lundi 19 Novembre 1894**

et jours suivants, à deux heures précises

Mᵉ WICART	M. GANDOUIN
Commissaire - Priseur à Lille	Expert à Paris
Rue de l'Arc, 11	31, Rue des Saints-Pères, 31

et au GRAND-HOTEL - Lille

chez lesquels se distribue la notice sommaire

Exposition publique le Dimanche 18 Novembre,
de dix heures à quatre heures.

CONDITIONS DE LA VENTE:

Elle aura lieu au comptant.

L'ordre de la Notice sera, autant que possible, suivi chaque jour.

NOTICE

DES

OBJETS D'ART ET DE CURIOSITÉ

provenant de la Collection de feu M. TRIPIER

dont la Vente aux Enchères publiques se fera en l'Hôtel
des Commissaires-Priseurs, et comprenant :

1° Antiques - Egyptiens - Romains et Gallo-Romains.

2° Objets des Epoques Gothiques à nos jours.

3° Faïences anciennes et modernes - Grès.

4° Sculptures en marbre et en bois.

FERRONNERIE - SERRURES - ARMES - OBJETS MILITAIRES

5° Porcelaines anciennes de Chine et du Japon

TROIS BELLES STATUETTES DE DIVINITÉS

6° Médailles - Monnaies - Jetons des Villes de Lille de Flandre et autres pays d'Europe.

7° Pièces de pélerinages - Mereaux et pièces de corporations.

8° Gravures - Dessins - Livres Timbres-Poste.

Objets divers.

La VENTE aura lieu le **Lundi 19 Novembre 1894**
et jours suivants, à deux heures précises

Mᵉ WICART

Commissaire - Priseur à Lille

Rue de l'Arc, 11

M. GANDOUIN

Expert à Paris

31, Rue des Saints-Pères, 31

et au GRAND-HOTEL - Lille

chez lesquels se distribue la notice sommaire

Exposition publique le Dimanche 18 Novembre,
de dix heures à quatre heures.

D 0 5 4 1 2

ANTIQUES

ÉGYPTE

Statuettes funéraires et divinités en terre cuite, verroterie et terre émaillée.

ANTIQUITÉS DES ÉPOQUES ROMAINE
ET GALLO-ROMAINE

Petits vases, amphores, canthares, lacrymatoires, jouets d'enfants, statuettes de divinités gauloises, vases en terre sigillée, vases avec irisations, statuettes d'animaux, moules, fioles lacrymatoires, lampes antiques, poids de balances dites romaines.

BRONZES ANTIQUES
ET DE L'ÉPOQUE MÉROVINGIENNE ET GOTHIQUE

Fibules, boucles, anneaux, clefs, épingles, statuettes d'animaux et personnages, anses de vases, pommeaux d'épées, statuettes d'appliques provenant de châsses, hâches, pointes de fourreaux, bracelets, clochettes , tintinabulum, grelots.

CUIVRES ANCIENS

Plaques tumulaires à inscriptions, lampes diverses, bustes et statuettes diverses, têtes d'anges, plateaux, patènes, quêteuses.

CUIVRES

Encensoirs anciens, Louis XIII et Louis XIV ; ostensoirs, pieds de calice, boîtes de toilette, époque Louis XV ; bijoux, chiffres, collections de bagues des époques Mérovingienne, Gothique et de la Renaissance.

CUIVRES ANCIENS ET MODERNES

Plats ronds de toutes tailles ; croix processionnelles, Gothique et de la Renaissance; soufflets-appliques, couvercles de bassinoires, armoiries, tableaux ovales, vases, lanternes, lustre, lampes juives, ex-voto ; bras de lumière, des époques Louis XIV, Louis XV et Louis XVI ; seaux, chaufrettes et gueux, flambeaux gothiques, flambeaux des époques Henri IV et Louis XIII, flambeaux d'église, seaux à eau bénite, mortiers, boîtes à tabac gravées et couvercles de boîtes, entrées de serrures, poignées pour meubles de diverses époques, planches en cuivre gravé, paysages saints et scènes diverses (environ soixante-dix pièces de diverses époques).

CUIVRES

Collection de modèles de casques, boutons pour meubles et appliques diverses, poignées de cannes, châtelaines des époques Louis XV, Louis XVI et autres, boîtes à balances pour monnaies avec leurs accessoires, masques provenant de fontaines, époque Louis XIV et Louis XV; cadenas anciens.

OBJETS, PIÈCES ET JETONS CONCERNANT
LA VILLE DE LILLE

Onze deniers; médailles, jetons, emblêmes de corporations et de corps d'état de diverses époques (environ mille pièces).

Jetons de corporations pour : ANVERS, bateliers et brouetteurs. — TOURNAI, Saint-Eleuthère et la cathédrale, corrroyeurs et tonneliers, marchands de vins et pour les Haras, méreaux des archers et quantité d'autres professions.

POIDS ANCIENS

Pour la ville de Lille (vingt-trois pièces) ; poids pour Toulouse, Montpellier, Bordeaux, Saint-Omer, Carcassonne et poids de villes flamandes (environ trois cents pièces) ; cachets pour Lille et sa généralité (quarante pièces) ; plaques de gardes particuliers et de corps d'état Lillois (environ quarante-cinq pièces) ; sceaux et empreintes de sceaux Lillois (vingt-deux pièces) ; matrice et empreinte de la Loge de l'Orient de Lille et des Enfants de l'Helvétie à l'Orient de Lille ; plaques en cuivre gravées par divers pour des négociants de Lille, (douze pièces) époque Louis XVI, premier Empire et Restauration ; lot d'autographes pour l'Histoire de Lille, époque du premier Empire et Restauration ; poids pour monnaies dites marcs, teston, tournois et monnaies d'or dites ducats, pistoles, etc. (environ six cents pièces).

ARMES

Cuirasse du premier Empire, casque allemand, casque de théâtre, casque de dragon et de cuirassier, casque de pompier, casque japonais, boucliers et rondaches, trente épées de diverses époques, couteaux de chasse, trois mousquets du XVIme siècle, mousqueton d'arçon, époque Louis XV ; poire à poudre, petite panoplie ornée d'épées minuscules et accessoires d'armes travail moderne, fusil sarde, fusil à vent, fusil hongrois, fusil ancien revolver, haches, sommets de hallebardes et de drapeaux en cuivre gravé et ciselé, batteries de mousquets, ciselées et gravées, du XVIme siècle ; plaques de schakos pour les armées française, autrichienne, belge, etc., etc. ; hausse-cols pour les mêmes armées (environ cent vingt pièces) ; plaques de ceinturons, pompons, plumets, cocardes, petits étendards avec armoiries peintes, boulets en pierre provenant de fouilles, trois plaques de cheminée en fonte armoriées.

ÉTAINS

Quantité de plats, époques Louis XV et Louis XVI, dont la plupart gravés, ornés de sujets et inscriptions, certains à gravure moderne ; gobelets, quêteuses, boîtes à saintes huiles, statuettes, huiliers, sucriers à saupoudrer, burettes, brocs, mesures anciennes.

BOIS SCULPTÉS

Statuettes de personnages, Louis XIII, Louis XIV et autres ; flambeaux d'église Louis XIV, statuettes représentant Jésus-Christ, statuettes et bas-reliefs concernant la Sainte-Vierge, aigle doré pour rideaux de lit, profils en bas-reliefs, casse-noix de diverses époques, rapes à tabac en buis sculpté, statuettes de personnages et d'animaux, en buis ; baguettes de cadres sculptées, baguettes de cadres sculptées et dorées ; planches anciennes gravées pour imageries diverses.

OBJETS DIVERS

Christs en bronze, des époques Gothiques à 1830 (environ cent quatre-vingts pièces) ; images religieuses, russes et autres, parties peintes et parties en métaux, repoussé (environ vingt pièces) ; petites statuettes en bronze du XVIme au XVIIIme siècle, saints et statues de personnages, etc., etc. (environ cent pièces) ; boîtes et bonbonnières.

Bronze. — Manches de couteaux et fourchettes du XVIme et XVIIme siècle (environ soixante-deux pièces) ; cuillères à encens et autres des mêmes époques (environ vingt pièces) ; bimbeloteries diverses ornées, émaux de Limoges anciens et modernes, dessus de boîtes, broches à mosaïques ornées de pierres et à émaux cloisonnés, émaux russes ornés de saints, croix de chapelets et insignes de pélerinage, en cuivre et plomb, des époques gothiques et du XVIme siècle ; collections de reliquaires de toutes façons, en argent, bronze et bois, ornés d'émaux, gouaches, velins peints, cadres ornés de pierres de couleur et cachets de familles armoriés, des époques Gothique à nos jours, et cachets de villes et corporations de la Flandre (environ quatre cent cinquante pièces dont diverses en argent); coins et fers pour reliures (trente-cinq pièces) ; appliques en cuivre repoussé du XVIme siècle, provenant de reliures (cinq pièces) ; croix en bronze, russes, anciennes et modernes (quatre-vingt-cinq pièces).

Bronze. — La Louve romaine, statuette ; couronnes en cuivre repoussé et en argent, provenant de statuettes de la Vierge, de diverses époques, dont quelques-unes en bois (environ 40 pièces) ; petites statuettes en bronze, chiffres, couronnes, etc., etc. ; de diverses époques (environ cent pièces) ; sceaux ecclésiastiques Gothiques et autres (cinquante pièces) ; sceaux en plomb provenant de bulles des papes Paul II, Sixte IV, Alexandre III, Alexandre IV, Innocent III, Clément VII (cinquante pièces); médailles en plomb de Tournai, Poperinghe et autres (cinquante pièces); cadrans de montre, émaillés et peints, de la première République à 1830 (environ sept cents pièces) ; montres anciennes, boîtiers en argent repoussé à sujets, époques Louis XV et suivantes (dix pièces) ; boîtiers de montres des mêmes époques (environ douze pièces) ; mouvements de montres des mêmes époques (environ soixante pièces) ; coqs de montres de l'époque Louis XIV à l'époque Louis XVI (environ cent cinquante pièces); clefs de montres de diverses époques, Louis XIV à nos jours (environ cent pièces) ; nombreux camées coquille et autres, bijoux, pendants de cou de diverses époques; broches de diverses époques, épingles de cravate armoriées, émaillées et parées de pierres.

IVOIRES

Rapes à tabac sculptées, époque Louis XIV à Louis XVI ; boites dont plusieurs avec attributs et inscriptions de la première République, statuettes de diverses époques, tabatières, jetons avec personnages sculptés, pièces de tireurs à l'arc ornées de figures, groupe de Notre-Dame de la Treille, cornes du Congo gravées, cachets, cornes à chaussures en os sculpté et ivoire, bas-relief à sujets religieux, manches de balais tournés, époque Louis XIII ; colliers, cuillers, pommes de cannes.

PLAQUES EN ARGENT ET EN CUIVRE REPOUSSÉ

Plaques d'ex-voto avec saints en relief ; plaques flamandes et hollandaises de corporations avec inscriptions et personnages ; plaques armoriées de France, d'Orléans, de Condé, de Bourbon-Conti et quantités de familles (environ cent pièces).

DÉCORATIONS ET ORDRES

De la Légion d'honneur, époque du premier Empire et autres ; décorations du Lys, de Malte, de Saint-Louis ; médailles militaire, de Crimée et d'Italie ; décorations turques, russes, papales, espagnoles, belges, grecques, de la révolution brabançonne , des campagnes hollandaises ; médailles et insignes de la première République ; décorations maçonniques de diverses époques (environ six cents pièces).

VITRAUX ANCIENS DES XVIme ET XVIIme SIÈCLES

Saint Nicolas, Calvaire, XVIme siècle ; saint Jean, XVIIme ; festin de Balthasar, Nativité, XVIme ; saint Evêque, armoiries, XVIIme ; saint Paul le Syrien, XVIme ; Bacchanale, par

Thibaut, 1870 ; deux Vierges et l'Enfant ; trois médaillons du XVIme siècle ; médaillon Napoléon 1er de profil ; Circoncision, descente de Croix, XVIme siècle ; saint Jacques de Compostelle, saint Préchant, XVIIme ; armoiries de France : Jésus et sainte Madeleine, Pyrame et Thisbé, XVIme ; Samson, retour de l'Arche, XVIIme ; marine, daté 1654 ; homme tenant un jambon, XVIIme siècle.

FAIENCES ANCIENNES

Plats et assiettes des fabriques de Vron, Desvres, Saint-Omer, Lille, Strasbourg, Rouen, Douai, Nevers, Delft et autres, bustes et statuettes de personnages et saints de diverses fabriques ; faïences à emblêmes révolutionnaires et à inscriptions ; faïences italiennes des Abruzes et autres fabriques ; pichets et broc à personnages, des fabriques de Saint-Omer, Lille et de la Picardie ; (maisons-veilleuses) ; flambeaux ; plats trompeurs chargés d'épices, fruits et autres objets ; brocs décorés polychromes à personnages et fleurs, des fabriques de Saint-Omer, de Desvres, Vron, Nevers, Rouen, Delft, Lille ; carreaux de carrelage et de revêtement, époques gothique et du XVIme siècle ; bénitiers de diverses fabriques.

FAIENCES

Violon, décor de personnages dansant au son d'un orchestre, et au revers, ronde avec ménestrier ; quantité de pièces non dénommées.

PORCELAINES ANCIENNES

Trois grandes statuettes en blanc de Chine ancien, avec parties laquées noir et or ; bouteilles et flacons à thé en porcelaine de Chine et du Japon ; plats et assiettes à décor, polychrome, pièces diverses.

GRÈS ANCIENS

Cruches, brocs, chopes et vases divers des fabriques de la
Meuse, de Flandre, de Beauvais et autres.

TERRES CUITES

Bas-reliefs à personnages ; bustes de Voltaire, Minerve ;
tête de Christ ; modèles de salières.

INSTRUMENTS DE MUSIQUE

Deux chapeaux chinois.

SCULPTURES EN MARBRE ET EN PIERRE

Armoiries avec noms ; neuf pièces, chapiteaux et débris
archéologiques ; quatre colonnes torses en marbre, époque
Louis XIII, avec chapiteaux et bases ; pierre tombale du
XIVme siècle avec ogives ; saints et donataires ; cuvette de
bénitier marbre, époque Louis XIV.

MONNAIES ET MÉDAILLES

Jetons d'Anvers, de Namur, de Bruxelles, de Zeelande,
de Gand, d'Utrecht, Tournai, Hainaut et Hollande, du
Luxembourg, de Nuremberg ; jetons et médailles relatifs à
saint Michel, de toutes époques ; et plaques repoussées,
relatives au même saint ; médailles de pèlerinage en cuivre,
argent étain et plomb ; poids à la même effigie ; boutons
d'uniformes et de livrées de diverses villes, de l'époque
Louis XV à nos jours ; médailles en plomb provenant de
pèlerinages et de lieux vénérés de toutes époques, saint
Sang de Bruges, saint Joseph et la sainte Famille, Notre-
Dame de Liesse, Notre-Dame de Cambrai, à l'effigie de
sainte Barbe, Notre-Dame de Hal, Notre-Dame des Sept
Douleurs, Notre-Dame de Milan, autres à l'effigie de la

sainte Vierge, Notre-Dame de Lorette, etc., etc.; méreaux des XVe et XVIe siècles; plaques en plomb, bronze et cuivre gravé, relatives à Notre-Dame de la Treille; fers, clefs des époques mérovingienne, gothique et de la Renaissance (environ deux cent cinquante pièces) ; enseignes de chapeau en plomb et en bronze des XV et XVIme siècles ; lot de monnaies romaines et gallo-romaines en bronze; serrures en fer ciselé et gravé.

MONNAIES, MÉDAILLES ET JETONS

qui seront vendus par lot et isolément

Médailles commémoratives, en bronze, des époques Louis XVIII, Charles X, Louis-Philippe et Napoléon III ; autres médailles et jetons des fêtes politiques et nationales des mêmes époques et de 1789 ; épreuves en plomb et étain des époques de 1848 et autres ; jetons et médailles des fêtes et événements de cette période ; monnaies étrangères en cuivre et argent des époques 1780 à nos jours; monnaies de la première République et à l'effigie de Louis XVII ; pièces de Napoléon Ier, Napoléon II et Napoléon IV ; monnaies Louis XIII, Louis XIV, Louis XV, Louis XVI, dont diverses en argent et pieforts ; collection de pièces d'argent, de cuivre et étain, pieforts ; modèles d'essai pour 1848 ; la présidence ; pièces de Napoléon Ier ; la papauté, Pie V, Pie VI, Benoit XIV ; cantons de Genève, Vaud, Berne, Saint-Gallen, etc. ; pièces de la Gaule subalpine ; duchés de Parme, de Lucques, Deux-Siciles, Charles-Félix de Sardaigne, de Belgique et siège d'Anvers ; pièces de monnaie des différents peuples de l'Europe, en cuivre et en argent ; monnaies orientales ; jetons de Valenciennes, Rouen, Lyon, Dijon, de Bourgogne ; jetons lillois concernant Notre-Dame de Grâce, Notre-Dame de la Treille, corporations, fêtes commémoratives et corps d'Etat.

GRAVURES ANCIENNES ET AUTRES

D. Téniers. — Kermesses, intérieurs, paysage, lot de gravures relatives à saint Michel ; photographies d'après les dessins et tableaux du musée de Lille ; eaux-fortes de Norblin et d'après Rembrandt ; gravures à la sanguine de Demarteau et Bonnet, d'après Greuze, Boucher, etc., etc. ; série imageries religieuses en vélin découpé, imprimées et gouachées ; gravures sur les ballons ; portraits ; série de gravures et dessins du XVIIIme siècle, dits trompe-l'œil ; gravures d'après Rubens ; adresses, prospectus et almanachs lillois ; gravures anciennes d'Epinal et de Metz ; lot de dessins anciens ; plans et vues des villes de Flandre ; vues d'optique ; imageries politiques et caricatures, de 1830 à 1875 ; gravures relatives à l'histoire de la révolution française ; gravures de l'école française du XVIIIme siècle ; albums factices, réunion d'armoiries en couleur et en noir, dans le nombre, des ex-libris anciens et modernes ; nombreuses gravures encadrées.

CONCHYOLOGIE

Lot considérable de coquillages.

Lot de minéraux divers.

TABLEAUX ANCIENS

Divers, dont reproduction de Notre-Dame de Cambrai ; Swagers, paysage ; Ommeganck (genre de), moutons à l'étable.

LIVRES

CHAMPFLEURY, Faïence patriotique ; DARGENTY, Art ornemental (deux volumes) ; C. FLAMMARION, le Monde avant la création de l'Homme ; DANCOISNE, Monnaies et Méreaux de Béthune ; J. EVANS, l'Age de Bronze ; SPRIET,

Loos ; A. ALEXANDRE, l'Art du Rire et de la Caricature, divers recueils sur les Antiquités égyptienne et romaine , P. LACROIX, Vie militaire et religieuse du Moyen-Age, Sciences et Lettres au Moyen-Age, Histoire de la Chaussure ; C. NODIER, Contes, Magasin pittoresque ; R. MÉNARD, Histoire artistique du Métal, Médailles du règne de Louis XIV ; SCRIBE, Œuvres (quinze volumes).

Huit albums de gravures en couleur et en noir, Fastes des Gardes Nationales de France ; J.-J. ROUSSEAU, les Confessions ; CHARVET, Sceaux et Matrices ; ARMENGAUD, Galéries de l'Europe ; E. SOLDI, Arts méconnus ; PREVOST, Manon Lescaut ; STERNE, Voyage sentimental ; DUMAS, siècle de Louis XIV ; LE GLAY, Recherches sur l'église de Cambrai ; Numismatique de Cambrai , par C. ROBERT ; Livres sur le Blason, Etat présent de la Noblesse française, Blason, par V. BOUTON ; Armorial des Cardinaux, Armorial des Souverains, et environ cinq cents volumes et brochures sur l'histoire locale ; Voyages, Sciences, Beaux-Arts, Littérature, etc., etc.; Journaux et Revues en nombre, Catalogues de monnaies, Médailles, Livres et Objets d'art.

Lille. — Imp. Laroche-Delattre, succ. de Castiaux.